bagagem

Adélia Prado
bagagem

48ª edição

EDITORA RECORD
RIO DE JANEIRO • SÃO PAULO
2025

CIP-BRASIL. CATALOGAÇÃO NA PUBLICAÇÃO
SINDICATO NACIONAL DOS EDITORES DE LIVROS, RJ

P915b   Prado, Adélia, 1935-
48. ed.   Bagagem / Adélia Prado. - 48. ed. - Rio de Janeiro : Record, 2025.

ISBN 978-85-01-92274-8

1. Poesia brasileira. I. Título.

24-94364   CDD: 869.1
                        CDU: 82-1(81)

Gabriela Faray Ferreira Lopes - Bibliotecária - CRB-7/6643

Copyright © 2003 by Adélia Prado

Revisão: Jorge Emil

Texto revisado segundo o Acordo Ortográfico da Língua Portuguesa de 1990.

Todos os direitos reservados. Proibida a reprodução, armazenamento ou transmissão de partes deste livro, através de quaisquer meios, sem prévia autorização por escrito.

Direitos exclusivos desta edição reservados pela
EDITORA RECORD LTDA.
Rua Argentina, 171 – Rio de Janeiro, RJ – 20921-380 – Tel.: (21) 2585-2000.

Impresso no Brasil

ISBN 978-85-01-92274-8

Seja um leitor preferencial Record.
Cadastre-se no site www.record.com.br
e receba informações sobre nossos
lançamentos e nossas promoções.

Atendimento e venda direta ao leitor:
sac@record.com.br

SUMÁRIO

O MODO POÉTICO

Com licença poética   17
O grande desejo   18
Sensorial   19
Orfandade   20
Resumo   21
Círculo   22
No meio da noite   23
Módulo de verão   24
Leitura   25
Saudação   26
Poema esquisito   27
Antes do nome 28
Azul sobre amarelo, maravilha e roxo   29
Pistas   30
Poema com absorvências no totalmente perplexas
        de Guimarães Rosa   31
O dia da ira   32
A invenção de um modo   33
Exausto   34
Ovos da Páscoa   35
Páscoa   36
Trégua   37
Louvação para uma cor   38
Roxo   39
Um salmo   40
Agora, ó José   41
Clareira   43

Impressionista   44
A despropósito   45
Os acontecimentos e os dizeres   46
Vigília   47
O que a musa eterna canta   48
A hora grafada   49
Bucólica nostálgica   50
Para comer depois   51
A catecúmena   52
Atávica   53
Momento   54
Metamorfose   55
Explicação de poesia sem ninguém pedir   56
Solo de clarineta   57
Endecha   58
Um homem doente faz a oração da manhã   59
Reza para as quatro almas de Fernando Pessoa   60
Endecha das três irmãs   61
Tarja   62
Para tambor e voz   63
Todos fazem um poema a Carlos Drummond de Andrade   64
Disritmia   66
Toada   67
Uma forma para mim   68
Sedução   70
Guia   71
Bendito   72
Refrão e assunto de cavaleiro e seu cavalo medroso   73
Fragmento   75
Anunciação ao poeta   76
Anímico   77
A tristeza cortesã me pisca os olhos   78
Descritivo   79

Duas maneiras   80
Cabeça   81
De profundis   82
Um sonho   83
Sítio   84
Tabaréu   86
O modo poético   87

UM JEITO E AMOR

Amor violeta   93
A serenata   94
Uma vez visto   95
O sempre amor   96
Canção de Joana d'Arc   97
A meio pau   98
Os lugares comuns   99
Psicórdica   100
Enredo para um tema   101
Bilhete em papel rosa   102
Medievo   103
Um jeito   104
Confeito   105
Fatal   106
Amor feinho   107
Para cantar com o saltério   108
Briga no beco   109
Canção de amor 110
Para o Zé   111

A SARÇA ARDENTE   I

Janela   117
Epifania   118
Chorinho doce   119

O vestido   120
A cantiga   121
Dona doida   122
Verossímil   123
A menina do olfato delicado   124
Cartonagem   125
A flor do campo   126
Registro   127
Mosaico   128
Rebrinco   129
Ensinamento   130

A SARÇA ARDENTE – II

O homem permanecido   135
Insônia   136
Fé   137
Episódio   138
O retrato   139
O reino do céu   140
Uma forma de falar e de morrer   142
Modinha   143
A poesia   144
Figurativa   145
O sonho   146
Para perpétua memória   147
As mortes sucessivas   148

ALFÂNDEGA

Alfândega   151

OBRAS DA AUTORA   153

Bagagem

Louvai o Senhor, livro meu irmão, com vossas letras e palavras, com vosso verso e sentido, com vossa capa e forma, com as mãos de todos que vos fizeram existir, louvai o Senhor.

Da imitação do "Cântico das criaturas", de São Francisco de Assis, a quem devo a graça deste livro.

O modo poético

Chorando, chorando, sairão espalhando as sementes.
Cantando, cantando, voltarão trazendo os seus feixes.

Escrito nos salmos

COM LICENÇA POÉTICA

Quando nasci um anjo esbelto,
desses que tocam trombeta, anunciou:
vai carregar bandeira.
Cargo muito pesado pra mulher,
esta espécie ainda envergonhada.
Aceito os subterfúgios que me cabem,
sem precisar mentir.
Não sou tão feia que não possa casar,
acho o Rio de Janeiro uma beleza e
ora sim, ora não, creio em parto sem dor.
Mas o que sinto escrevo. Cumpro a sina.
Inauguro linhagens, fundo reinos
— dor não é amargura.
Minha tristeza não tem pedigree,
já a minha vontade de alegria,
sua raiz vai ao meu mil avô.
Vai ser coxo na vida é maldição pra homem.
Mulher é desdobrável. Eu sou.

O GRANDE DESEJO

Não sou matrona, mãe dos Gracos, Cornélia,
sou é mulher do povo, mãe de filhos, Adélia.
Faço comida e como.
Aos domingos bato o osso no prato pra chamar o cachorro
e atiro os restos.
Quando dói, grito ai,
quando é bom, fico bruta,
as sensibilidades sem governo.
Mas tenho meus prantos,
claridades atrás do meu estômago humilde
e fortíssima voz pra cânticos de festa.
Quando escrever o livro com o meu nome
e o nome que eu vou pôr nele, vou com ele a uma igreja,
a uma lápide, a um descampado,
para chorar, chorar, e chorar,
requintada e esquisita como uma dama.

SENSORIAL

Obturação, é da amarela que eu ponho.
Pimenta e cravo,
mastigo à boca nua e me regalo.
Amor, tem que falar meu bem,
me dar caixa de música de presente,
conhecer vários tons pra uma palavra só.
Espírito, se for de Deus, eu adoro,
se for de homem, eu testo
com meus seis instrumentos.
Fico gostando ou perdoo.
Procuro sol, porque sou bicho de corpo.
Sombra terei depois, a mais fria.

ORFANDADE

Meu Deus,
me dá cinco anos.
Me dá um pé de fedegoso com formiga preta,
me dá um Natal e sua véspera,
o ressonar das pessoas no quartinho.
Me dá a negrinha Fia pra eu brincar,
me dá uma noite pra eu dormir com minha mãe.
Me dá minha mãe, alegria sã e medo remediável,
me dá a mão, me cura de ser grande,
ó meu Deus, meu pai,
meu pai.

RESUMO

Gerou os filhos, os netos,
deu à casa o ar de sua graça
e vai morrer de câncer.
O modo como pousa a cabeça para um retrato
é o da que, afinal, aceitou ser dispensável.
Espera, sem uivos, a campa, a tampa, a inscrição:
1906-1970
SAUDADE DOS SEUS, LEONORA.

CÍRCULO

Na sala de janta da pensão
tinha um jogo de taças roxo-claro,
duas licoreiras grandes e elas em volta,
como duas galinhas com os pintinhos.
Tinha poeira, fumaça e a cor lilás.
Comíamos com fome, era 12 de outubro
e a Rádio Aparecida conclamava os fiéis
a louvar a Mãe de Deus, o que eu fazia
na cidade de Perdões, que não era bonita.
Plausível tudo.
As horas cabendo o dia,
a cristaleira os cristais
— resíduo pra esta memória —
sem uma palavra de mais.
Foi quando disse e entendi:
cabe no tacho a colher.
Se um dia puder,
nem escrevo um livro.

NO MEIO DA NOITE

Acordei meu bem pra lhe contar meu sonho:
sem apoio de mesa ou jarro eram
as buganvílias brancas destacadas de um escuro.
Não fosforesciam, nem cheiravam, nem eram alvas.
Eram brancas no ramo, brancas de leite grosso.
No quarto escuro, a única visível coisa, o próprio ato de ver.
Como se sente o gosto da comida eu senti o que falavam:
'A ressurreição já está sendo urdida, os tubérculos
da alegria estão inchando úmidos, vão brotar sinos.'
Doía como um prazer.
Vendo que eu não mentia ele falou:
as mulheres são complicadas. Homem é tão singelo.
Eu sou singelo. Fica singela também.
Respondi que queria ser singela e na mesma hora
singela, singela, comecei a repetir singela.
A palavra destacou-se novíssima
como as buganvílias do sonho. Me atropelou.
— O quê que foi? — ele disse.
— As buganvílias...
Como nenhum de nós podia ir mais além,
solucei alto e fui chorando, chorando,
até ficar singela e dormir de novo.

MÓDULO DE VERÃO

As cigarras começaram de novo, brutas e brutas.
Nem um pouco delicadas as cigarras são.
Esguicham atarraxadas nos troncos
o vidro moído de seus peitos, todo ele
— chamado canto — cinzento-seco, garra
de pelo e arame, um áspero metal.
As cigarras têm cabeça de noiva,
as asas como véu, translúcidas.
As cigarras têm o que fazer,
têm olhos perdoáveis.
Quem não quis junto deles uma agulha?
— Filhinho meu, vem comer,
ó meu amor, vem dormir.
Que noite tão clara e quente,
ó vida tão breve e boa!
A cigarra atrela as patas
é no meu coração.
O que ela fica gritando eu não entendo,
sei que é pura esperança.

LEITURA

Era um quintal ensombrado, murado alto de pedras.
As macieiras tinham maçãs temporãs, a casca vermelha
de escuríssimo vinho, o gosto caprichado das coisas
fora do seu tempo desejadas.
Ao longo do muro eram talhas de barro.
Eu comia maçãs, bebia a melhor água, sabendo
que lá fora o mundo havia parado de calor.
Depois encontrei meu pai, que me fez festa
e não estava doente e nem tinha morrido, por isso ria,
os lábios de novo e a cara circulados de sangue,
caçava o que fazer pra gastar sua alegria:
onde está meu formão, minha vara de pescar,
cadê minha binga, meu vidro de café?
Eu sempre sonho que uma coisa gera,
nunca nada está morto.
O que não parece vivo, aduba.
O que parece estático, espera.

SAUDAÇÃO

Ave, Maria!
Ave, carne florescida em Jesus.
Ave, silêncio radioso,
urdidura de paciência
onde Deus fez seu amor inteligível!

POEMA ESQUISITO

Dói-me a cabeça aos trinta e nove anos.
Não é hábito. É rarissimamente que ela dói.
Ninguém tem culpa.
Meu pai, minha mãe descansaram seus fardos,
não existe mais o modo
de eles terem seus olhos sobre mim.
Mãe, ô mãe, ô pai, meu pai. Onde estão escondidos?
É dentro de mim que eles estão.
Não fiz mausoléu pra eles, pus os dois no chão.
Nasceu lá, porque quis, um pé de saudade roxa,
que abunda nos cemitérios.
Quem plantou foi o vento, a água da chuva.
Quem vai matar é o sol.
Passou finados não fui lá, aniversário também não.
Pra quê, se pra chorar qualquer lugar me cabe?
É de tanto lembrá-los que eu não vou.
Ôôôô pai
Ôôôô mãe
Dentro de mim eles respondem
tenazes e duros,
porque o zelo do espírito é sem meiguices:
Ôôôôi fia.

ANTES DO NOME

Não me importa a palavra, esta corriqueira.
Quero é o esplêndido caos de onde emerge a sintaxe,
os sítios escuros onde nasce o 'de', o 'aliás',
o 'o', o 'porém' e o 'que', esta incompreensível
muleta que me apoia.
Quem entender a linguagem entende Deus
cujo Filho é Verbo. Morre quem entender.
A palavra é disfarce de uma coisa mais grave, surda-muda,
foi inventada para ser calada.
Em momentos de graça, infrequentíssimos,
se poderá apanhá-la: um peixe vivo com a mão.
Puro susto e terror.

AZUL SOBRE AMARELO, MARAVILHA E ROXO

Desejo, como quem sente fome ou sede,
um caminho de areia margeado de boninas,
onde só cabem a bicicleta e seu dono.
Desejo, com uma funda saudade
de homem ficado órfão pequenino,
um regaço e o acalanto, a amorosa tenaz de uns dedos
para um forte carinho em minha nuca.
Brotam os matinhos depois da chuva,
brotam os desejos do corpo.
Na alma, o querer de um mundo tão pequeno
como o que tem nas mãos o Menino Jesus de Praga.

PISTAS

Não pode ser uma ilusão fantástica
o que nos faz domingo após domingo
visitar os parentes, insistir
que assim é melhor, que de fato um bom
emprego é meio caminho andado.
Não pode ser verdade
que tanto afã escave na insolvência.
Há voos maravilhosos de ave,
aviões tão belos repousando nos campos
e o que é piedoso no morto:
não seu sexo murcho,
mas suas mãos empenhadas sobre o peito.

POEMA COM ABSORVÊNCIAS NO TOTALMENTE PERPLEXAS DE GUIMARÃES ROSA

Ah, pois, no conforme miro e vejo,
o por dentro de mim,
segundo o consentir
dos desarrazoados meus pensares,
é o brabo cavalo em as ventas arfando, se querendo ir,
permanecido apenas no ajuste das leis do bem viver comum,
por causa de uma total garantia se faltando em quem m'as dê.
Ad' formas que em tréguas assisto e assino
e o todo exterior desta minha pessoa recomponho.
Porém chega o só sinal mais leve
de que aquilo ou isso é verdadeiro
pra a reta eu alimpar com o meu brabo cavalo.
Ara! que eu não nasci pra permanência desta duvidação,
mas só para o ser eu mesmo, o de todo mundo desigual,
afirmador e consequente, Riobaldo, o Tatarana.
Ixi!

O DIA DA IRA

As coisas tristíssimas,
o rolomag, o teste de Cooper,
a mole carne tremente entre as coxas,
vão desaparecer quando soar a trombeta.
Levantaremos como deuses,
com a beleza das coisas que nunca pecaram,
como árvores, como pedras,
exatos e dignos de amor.
Quando o anjo passar,
o furacão ardente do seu voo
vai secar as feridas,
as secreções desviadas dos seus vasos
e as lágrimas.
As cidades restarão silenciosas, sem um veículo:
apenas os pés de seus habitantes
reunidos na praça, à espera de seus nomes.

A INVENÇÃO DE UM MODO

Entre paciência e fama quero as duas,
pra envelhecer vergada de motivos.
Imito o andar das velhas de cadeiras duras
e, se me surpreendem, explico cheia de verdade:
tô ensaiando. Ninguém acredita
e eu ganho uma hora de juventude.
Quis fazer uma saia longa pra ficar em casa,
a menina disse: 'Ora, isso é pras mulheres de São Paulo.'
Fico entre montanhas,
entre guarda e vã,
entre branco e branco,
lentes pra proteger de reverberações.
Explicação é para o corpo do morto,
de sua alma eu sei.
Estátua na Igreja e Praça
quero extremada as duas.
Por isso é que eu prevarico e me apanham chorando,
vendo televisão,
ou tirando sorte com quem vou casar.
Porque tudo que invento já foi dito
nos dois livros que eu li:
as escrituras de Deus,
as escrituras de João.
Tudo é Bíblias. Tudo é Grande Sertão.

EXAUSTO

Eu quero uma licença de dormir,
perdão pra descansar horas a fio,
sem ao menos sonhar
a leve palha de um pequeno sonho.
Quero o que antes da vida
foi o profundo sono das espécies,
a graça de um estado.
Semente.
Muito mais que raízes.

OVOS DA PÁSCOA

O ovo não cabe em si, túrgido de promessa,
a natureza morta palpitante.
Branco tão frágil guarda um sol ocluso,
o que vai viver, espera.

PÁSCOA

Velhice
é um modo de sentir frio que me assalta
e uma certa acidez.
O modo de um cachorro enrodilhar-se
quando a casa se apaga e as pessoas se deitam.
Divido o dia em três partes:
a primeira pra olhar retratos,
a segunda pra olhar espelhos,
a última e maior delas, pra chorar.
Eu, que fui loura e lírica,
não estou pictural.
Peço a Deus,
em socorro da minha fraqueza,
abrevie esses dias e me conceda um rosto
de velha mãe cansada, de avó boa,
não me importo. Aspiro mesmo
com impaciência e dor.
Porque sempre há quem diga
no meio da minha alegria:
'põe o agasalho'
'tens coragem?'
'por que não vais de óculos?'
Mesmo rosa sequíssima e seu perfume de pó,
quero o que desse modo é doce,
o que de mim diga: assim é.
Pra eu parar de temer e posar pra um retrato,
ganhar uma poesia em pergaminho.

TRÉGUA

Hoje estou velha como quero ficar.
Sem nenhuma estridência.
Dei os desejos todos por memória
e rasa xícara de chá.

LOUVAÇÃO PARA UMA COR

O amarelo faz decorrer de si os mamões e sua polpa,
o amarelo furável.
Ao meio-dia as abelhas, o doce ferrão e o mel.
Os ovos todos e seu núcleo, o óvulo.
Este, dentro, o minúsculo.
Da negritude das vísceras cegas,
amarelo e quente, o minúsculo ponto,
o grão luminoso.
Distende e amacia em bátegas
a pura luz de seu nome,
a cor tropicordiosa.
Acende o cio,
é uma flauta encantada,
um oboé em Bach.
O amarelo engendra.

ROXO

Roxo aperta.
Roxo é travoso e estreito.
Roxo é a *cordis*, vexatório,
uma doidura pra amanhecer.
A paixão de Jesus é roxa e branca,
pertinho da alegria.
Roxo é travoso, vai madurecer.
Roxo é bonito e eu gosto.
Gosta dele o amarelo.
O céu roxeia de manhã e de tarde,
uma rosa vermelha envelhecendo.
Cavalgo caçando o roxo,
lembrança triste, bonina.
Campeio amor pra roxeamar paixonada,
o roxo por gosto e sina.

UM SALMO

Tudo que existe louvará.
Quem tocar vai louvar,
quem cantar vai louvar,
o que pegar a ponta de sua saia
e fizer uma pirueta, vai louvar.
Os meninos, os cachorros,
os gatos desesquivados,
os ressuscitados,
o que sob o céu mover e andar
vai seguir e louvar.
O abano de um rabo, um miado,
u'a mão levantada, louvarão.
Esperai a deflagração da alegria.
A nossa alma deseja,
o nosso corpo anseia
o movimento pleno:
cantar e dançar TE-DEUM.

AGORA Ó JOSÉ

É teu destino, ó José,
a esta hora da tarde,
se encostar na parede,
as mãos para trás.
Teu paletó abotoado
de outro frio te guarda,
enfeita com três botões
tua paciência dura.
A mulher que tens, tão histérica,
tão histórica, desanima.
Mas, ó José, o que fazes?
Passeias no quarteirão
o teu passeio maneiro
e olhas assim e pensas,
o modo de olhar tão pálido.
Por improvável não conta
o que tu sentes, José?
O que te salva da vida
é a vida mesma, ó José,
e o que sobre ela está escrito
a rogo de tua fé:
"No meio do caminho tinha uma pedra",
"Tu és pedra e sobre esta pedra",

a pedra, ó José, a pedra.
Resiste, ó José. Deita, José,
dorme com tua mulher,
gira a aldraba de ferro pesadíssima.
O reino do céu é semelhante a um homem
como você, José.

CLAREIRA

Seria tão bom, como já foi,
as comadres se visitarem nos domingos.
Os compadres fiquem na sala, cordiosos,
pitando e rapando a goela. Os meninos,
farejando e mijando com os cachorros.
Houve esta vida ou inventei?
Eu gosto de metafísica, só pra depois
pegar meu bastidor e bordar ponto de cruz,
falar as falas certas: a de Lurdes casou,
a das Dores se forma, a vaca fez, aconteceu,
as santas missões vêm aí, vigiai e orai
que a vida é breve.
Agora que o destino do mundo pende do meu palpite,
quero um casal de compadres, molécula de sanidade,
pra eu sobreviver.

IMPRESSIONISTA

Uma ocasião,
meu pai pintou a casa toda
de alaranjado brilhante.
Por muito tempo moramos numa casa,
como ele mesmo dizia,
constantemente amanhecendo.

A DESPROPÓSITO

Olhou para o teto, a telha parecia um quadrado de doce.
Ah! — falou sem se dar conta de que descobria, durando desde
a infância, aquela hora do dia, mais um galo cantando,
um corte de trator, as três camadas de terra,
a ocre, a marrom, a roxeada. Um pasto,
não tinha certeza se uma vaca
e o sarilho da cisterna desembestado, a lata
batendo no fundo com estrondo.
Quando insistiram, vem jantar, que esfria,
ele foi e disse antes de comer:
'Qualidade de telha é essa de antigamente.'

OS ACONTECIMENTOS E OS DIZERES

Quem está vivo diz:
hoje às três horas padre Libério
dá a bênção na Vila Vicentina.
Ou assim: coisa boa é um banho.
Ou ainda: casamento é coisa muito fina.
Eu achei tanta graça quando aprendi a dar nós,
fiquei cheia de poder.
Entendi depois o que queria dizer
"toda convicção é apostólica",
fiquei cheia de espanto.
As palavras só contam o que se sabe.
Mas quem disser: Deus é um espírito de paz,
está repetindo um menino de sete anos, que acrescentou:
eu tenho medo é de dia; de noite, não,
porque é claro.

VIGÍLIA

O terror noturno decepou minha mão
quando ia pegar minha roupa de dormir.
Parei no meio do quarto, uma lucidez tão grande
que tudo se tornava incompreensível.
O contorno da cama, de tal jeito quadrado e expectante,
o cabo de um serrote mal guardado, minha nudez
em trânsito entre a porta e a cadeira.
Claramente legíveis e insolúveis, uma campina
de sol e ar sem nuvens, a risada dos meninos
no campo retalhado de trator, as bodas de prata
do homem que fala sempre: 'Qual é o meu erro que
minha vontade é estar morto?'
Uma família fez sua casa no morro,
se eu mover o meu pé, a casa despenca.
O Espírito de Deus, movendo o que lhe apraz,
move a moça — que jurei não ser poeta —
a dizer cheia de graça: 'Coisa mais engraçada deve ser
o presidente chupando laranja!'
O Espírito de Deus é misericordioso,
vai desertar de mim pra eu poder descansar,
vai me deixar dormir.

O QUE A MUSA ETERNA CANTA

Cesse de uma vez meu vão desejo
de que o poema sirva a todas as fomes.
Um jogador de futebol chegou mesmo a declarar:
'Tenho birra de que me chamem de intelectual,
sou um homem como todos os outros.'
Ah, que sabedoria, como todos os outros,
a quem bastou descobrir:
letras eu quero é pra pedir emprego,
agradecer favores,
escrever meu nome completo.
O mais são as maltraçadas linhas.

A HORA GRAFADA

De noite no mato as árvores semelhavam
uma águia acabada de pousar,
um anjo saudando,
um galo perfeitinho,
uma ave grande vista de frente.
De noite no mato, as vivas figuras enraizadas,
prontas a falar ou bater asas.

BUCÓLICA NOSTÁLGICA

Ao entardecer no mato, a casa entre
bananeiras, pés de manjericão e cravo-santo,
aparece dourada. Dentro dela, agachados,
na porta da rua, sentados no fogão, ou aí mesmo,
rápidos como se fossem ao Êxodo, comem
feijão com arroz, taioba, ora-pro-nóbis,
muitas vezes abóbora.
Depois, café na canequinha e pito.
O que um homem precisa pra falar,
entre enxada e sono: Louvado seja Deus!

PARA COMER DEPOIS

Na minha cidade, nos domingos de tarde,
as pessoas se põem na sombra com faca e laranjas.
Tomam a fresca e riem do rapaz de bicicleta,
a campainha desatada, o aro enfeitado de laranjas:
'Eh bobagem!'
Daqui a muito progresso tecno-ilógico,
quando for impossível detectar o domingo
pelo sumo das laranjas no ar e bicicletas,
em meu país de memória e sentimento,
basta fechar os olhos:
é domingo, é domingo, é domingo.

A CATECÚMENA

Se o que está prometido é a carne incorruptível,
é isso mesmo que eu quero, disse e acrescentou:
mais o sol numa tarde com tanajuras,
o vestido amarelo com desenhos semelhando urubus,
um par de asas em maio e imprescindível,
multiplicado ao infinito, o momento em que
palavra alguma serviu à perturbação do amor.
Assim quero "venha a nós o vosso reino".
Os doutores da Lei, estranhados de fé tão ávida,
disseram delicadamente:
vamos olhar a possibilidade de uma nova exegese
deste texto. Assim fizeram.
Ela foi admitida; com reservas.

ATÁVICA

Minha mãe me dava o peito e eu escutava,
o ouvido colado à fonte dos seus suspiros:
'Ó meu Deus, meu Jesus, misericórdia.'
Comia leite e culpa de estar alegre quando fico.
Se ficasse na roça ia ser carpideira, puxadeira de terço,
cantadeira, o que na vida é beleza sem esfuziamentos,
as tristezas maravilhosas.
Mas eu vim pra cidade fazer versos tão tristes
que dão gosto, meu Jesus misericórdia.
Por prazer da tristeza eu vivo alegre.

MOMENTO

Enquanto eu fiquei alegre, permaneceram
um bule azul com um descascado no bico,
uma garrafa de pimenta pelo meio,
um latido e um céu limpidíssimo
com recém-feitas estrelas.
Resistiram nos seus lugares, em seus ofícios,
constituindo o mundo pra mim, anteparo
para o que foi um acometimento:
súbito é bom ter um corpo pra rir
e sacudir a cabeça. A vida é mais tempo
alegre do que triste. Melhor é ser.

METAMORFOSE

Foi assim que meu pai me disse uma vez:
Você anda feito cavalo velho, procurando grota.

As cigarras atrelavam as patas nos troncos
e zuniam com decisão os seus chiados.
As árvores cantavam no quintal,
refolhadas de novíssimo verde.
Arregacei as narinas e fui pastar
com minha cabeça minúscula.
O que mais quente e amarelo pode ser,
era o sol, um dia de pura luz.
Mugi entre as vacas, antediluviana,
sei de moitas, água que achei e bebi.
Na volta sacudi pescoço e rabo.
Só dois sinais restaram:
um modo guloso de cheirar os verdes;
um modo de pisar, só casco e pedras.

EXPLICAÇÃO DE POESIA SEM NINGUÉM PEDIR

Um trem de ferro é uma coisa mecânica,
mas atravessa a noite, a madrugada, o dia,
atravessou minha vida,
virou só sentimento.

SOLO DE CLARINETA

As pétalas da flor seca, a sempre-viva,
do que mais gosto em flor.
Do seu grego existir de boniteza,
sua certa alegria.
É preciso ter morrido uma vez e desejado
o que sobre as lápides está escrito
de repouso e descanso, pra amar seu duro odor
de retrato longínquo, seu humano conter-se.
As severas.

ENDECHA

Embora a velha roseira insista neste agosto
e confirmem o recomeço estas mulheres grávidas,
eu sofro de um cansaço, intermitente como certas febres.
Me acontece lavar os cabelos e ir secá-los ao sol,
desavisada. Ocorre até que eu cante.
Mas pousa na canção a negra ave e eu desafino rouca,
em descompasso, uma perna mais curta,
a ausência ocupando todos os meus cômodos,
a lembrança endurecida no cristal
de uma pedra na uretra.

UM HOMEM DOENTE
FAZ A ORAÇÃO DA MANHÃ

Pelo sinal da Santa Cruz,
chegue até Vós meu ventre dilatado
e Vos comova, Senhor, meu mal sem cura.
Inauguro o dia, eu que a meu crédito explico
que passei em claro a treva da noite.
Escutei — e é quando às vezes descanso —
vozes de há mais de trinta anos.
Vi no meio da noite nesgas claríssimas de sol.
Minha mãe falou,
enxotei gatos lambendo
o prato da minha infância.
Livrai-me de lançar contra Vós
a tristeza do meu corpo
e seu apodrecimento cuidadoso.
Mas desabafo dizendo:
que irado amor Vós tendes.
Tem piedade de mim,
tem piedade de mim
pelo sinal da Vossa Cruz,
que faço na testa, na boca, no coração.
Da ponta dos pés à cabeça,
de palma à palma da mão.

REZA PARA AS QUATRO ALMAS
DE FERNANDO PESSOA

Da belíssima "Ode à noite antiga"
resulta que eu entendo, limpo de esforço
e vaidade, se nos fosse possível:
da oração verdadeira nasce a força.
Ninguém se cansa de bondade e avencas.
Os rebanhos guardados guardam o homem.
Todos que estamos vivos morreremos.
Não é para entender que nós pensamos,
é para sermos perdoados.
Pai nosso, criador da noite, do sonho,
do meu poder sobre os bois,
eis-me, eis-me.

ENDECHA DAS TRÊS IRMÃS

As três irmãs conversavam em binário lentíssimo.
A mais nova disse: tenho um abafamento aqui,
e pôs a mão no peito.
A do meio disse: sei fazer umas rosquinhas.
A mais velha disse: faço quarenta anos, já.
A mais nova tem a moda de ir chorar no quintal.
A do meio está grávida.
A mais cruel se enterneceu por plantas.
Nosso pai morreu, diz a primeira,
nossa mãe morreu, diz a segunda,
somos três órfãs, diz a terceira.
Vou recolher a roupa no quintal, fala a primeira.
Será que chove?, fala a segunda.
Já viram minhas sempre-vivas?, falou a terceira,
a de coração duro, e soluçou.
Quando a chuva caiu ninguém ouviu os três choros
dentro da casa fechada.

TARJA

A *Revista de Santo Antônio* tem uma seção que eu não perco:

À Sombra da Cruz

onde se recomenda à oração dos leitores as almas dos
[assinantes.
Venício Ferreira Bernardes – Carmópolis de Minas
Mozar Pereira Gentil – Lavras
Judith Abdala Maia – Perdões
Arnalda Bressane Costa – Jundiaí
Paulo Antônio Fernandes – São Sebastião do Oeste
João Antônio Correia – Divinópolis.
O nome das pessoas e os de seus lugares,
registrados na página encimada por uma cruz
de pontas arredondadas, eu acho bonito sempre.
É necrofilia não, é simpatia, dor
que aos domingos me adula, açula um galo,
o gosto da melancolia.
Raimunda Lázara de Jesus – Itaguara
Esta, uma vez, pegando um trem, disse assim:
'O Mazzaropi dá muita graça pra nóis,
arrio dele demais.'
Ernestina Alvarenga Reis – Pirapora
é como um ramo de angélicas dentro de um quarto fechado.
No domingo amarelo passa o chapéu florido.
A poesia, a mais ínfima, é serva da esperança.

PARA TAMBOR E VOZ

Viola violeta violenta violada,
óbvia vertigem caos tão claro,
claustro.
Lápides quentes sobre restos podres,
um resto de café na xícara e mosca.

TODOS FAZEM UM POEMA
A CARLOS DRUMMOND DE ANDRADE

Enquanto punha o vestido azul com margaridas amarelas
e esticava os cabelos para trás, a mulher falou alto:
é isto, eu tenho inveja de Carlos Drummond de Andrade
apesar de nossas extraordinárias semelhanças.
E decifrou o incômodo do seu existir junto com o dele.
Vamos ambos à enciclopédia, seguiu dizendo, à cata
de constituição, e paramos em "clematite, flor lilás
de ingênuo desenho que ama desabrochar nas sebes europeias".
Temos terrores noturnos, diurnos desesperos
e dias seguidos onde nada acontece.
Comemos, bebemos e diante do nosso nome impresso
temos nenhum orgulho, porque esta lembrança não deixa:
uma vez, na Avenida Afonso Pena, um bêbado gritando:
'Todo mundo aqui é um saco de tripas.'
Carlos é *gauche*. A mim, várias vezes, disseram.
'Não sabes ler a placa? É CONTRAMÃO.'
Um dia fizemos um verso tão perfeito
que as pessoas começaram a rir. No entanto persiste,
a partir de mim, a raiva insopitada
quando citam seu nome, lhe dedicam poemas.
Desta maneira prezo meu caderno de versos,
que é uma pergunta só, nem ao menos original:

'Por que não nasci eu um simples vaga-lume?'
Só à ponta de fina faca, o quisto da minha inveja,
como aos mamões maduros se tiram os olhos podres.
Eu sou poeta? Eu sou?
Qualquer resposta verdadeira
e poderei amá-lo.

DISRITMIA

Os velhos cospem sem nenhuma destreza
e os velocípedes atrapalham o trânsito no passeio.
O poeta obscuro aguarda a crítica
e lê seus versos, as três vezes por dia,
feito um monge com seu livro de horas.
A escova ficou velha e não penteia.
Neste exato momento o que interessa
são os cabelos desembaraçados.
Entre as pernas geramos e sobre isso
se falará até o fim sem que muitos entendam:
erótico é a alma.
Se quiser, ponho agora a ária na quarta corda,
pra me sentir clemente e apaziguada.
O que entendo de Deus é sua ira,
não tenho outra maneira de dizer.
As bolas contra a parede me desgostam,
mas os meninos riem satisfeitos.
Tarde como a de hoje, vi centenas.
Não sinto angústia, só uma espera ansiosa.
Alguma coisa vai acontecer.
Não existe o destino.
Quem é premente é Deus.

TOADA

Cantiga triste, pode com ela
é quem não perdeu a alegria.

UMA FORMA PARA MIM

Hoje acordei normal, como antes de fazer treze anos.
Fui cedo catar coisas no lixo, cavucar abacaxis apodrecidos,
atrás de um veio são, como quem cata ouro.
Que tem isso tudo a ver com santidade?
Mas se não tiver me morro,
porque não entendo outro ar menos grosso
que este onde meu nariz se apoia.
Os santos me chamam com assobios vertiginosos,
se penso que vou é porque é maior meu olho que a barriga;
dou um passo de medroso, outro de temerário.
Com dois passos e meio fico doido e começo a voltar.
Sei o que não é para mim. O que é meu não sei direito ainda.
Uma vez, quando eu tinha quatro anos,
achei um caco de vidro no monturo.
Lavei, enxuguei, guardei bem guardado
e fui comer com vontade, ficar obediente, emprestar minhas
[coisas,
por causa do caco, porque tinha ele, porque eu podia
quando quisesse pôr ele contra o sol e aproveitar seu reflexo.
Ele era laranjado chitadinho de branco. Assim eu sei,
se assim puder, farei. Cada qual é diverso, descobri.
Por isso e porque está escrito
que o Espírito de Deus nos toma sem matar-nos

é que eu digo como quem reza: Sô Antônio Vítor morreu.
A tarde do seu enterro foi um largo tranquilo de se dizer:
hoje está tudo como antigamente era bom.
Os cereais somam seus cheiros — oh! que perfume doce —
com rapadura e querosene — oh! que armazéns humanos.
Os mosquitos como pessoas da casa admitidos.
A poeira também.
Quando eu fico normal o reino do céu não dá os sobressaltos,
dá só gosto e alegria.

SEDUÇÃO

A poesia me pega com sua roda dentada,
me força a escutar imóvel
o seu discurso esdrúxulo.
Me abraça detrás do muro, levanta
a saia pra eu ver, amorosa e doida.
Acontece a má coisa, eu lhe digo,
também sou filho de Deus,
me deixa desesperar.
Ela responde passando
língua quente em meu pescoço,
fala pau pra me acalmar,
fala pedra, geometria,
se descuida e fica meiga,
aproveito pra me safar.
Eu corro ela corre mais,
eu grito ela grita mais,
sete demônios mais forte.
Me pega a ponta do pé
e vem até na cabeça,
fazendo sulcos profundos.
É de ferro a roda dentada dela.

GUIA

A poesia me salvará.
Falo constrangida, porque só Jesus
Cristo é o Salvador, conforme escreveu
um homem — sem coação alguma —
atrás de um crucifixo que trouxe de lembrança
de Congonhas do Campo.
No entanto, repito, a poesia me salvará.
Por ela entendo a paixão
que Ele teve por nós, morrendo na cruz.
Ela me salvará, porque o roxo
das flores debruçado na cerca
perdoa a moça do seu feio corpo.
Nela, a Virgem Maria e os santos consentem
no meu caminho apócrifo de entender a palavra
pelo seu reverso, captar a mensagem
pelo arauto, conforme sejam suas mãos e olhos.
Ela me salvará. Não falo aos quatro ventos,
porque temo os doutores, a excomunhão
e o escândalo dos fracos. A Deus não temo.
Que outra coisa ela é senão Sua Face atingida
da brutalidade das coisas?

BENDITO

Louvado sejas Deus meu Senhor,
porque o meu coração está cortado a lâmina,
mas sorrio no espelho ao que,
à revelia de tudo, se promete.
Porque sou desgraçado
como um homem tangido para a forca,
mas me lembro de uma noite na roça,
o luar nos legumes e um grilo,
minha sombra na parede.
Louvado sejas, porque eu quero pecar
contra o afinal sítio aprazível dos mortos,
violar as tumbas com o arranhão das unhas,
mas vejo Tua cabeça pendida
e escuto o galo cantar
três vezes em meu socorro.
Louvado sejas, porque a vida é horrível,
porque mais é o tempo que eu passo recolhendo os despojos
— velho ao fim da guerra com uma cabra —,
mas limpo os olhos e o muco do meu nariz,
por um canteiro de grama.
Louvado sejas porque eu quero morrer
mas tenho medo e insisto em esperar o prometido.
Uma vez, quando eu era menino, abri a porta de noite,
a horta estava branca de luar
e acreditei sem nenhum sofrimento.
Louvado sejas!

REFRÃO E ASSUNTO DE CAVALEIRO
E SEU CAVALO MEDROSO

Ô estrela-d'alva,
ô lua...
Tristeza é o luar nos ermos
do sertão, minas gerais.
Eh saudade! de quê, meu Deus?
Não sei mais.
Ô estrela-d'alva,
ô lua...
O escuro é duro ou macio?
meu cavalo perguntou.
Eu lhe respondi: galopa,
é pra Deus que eu vou.
Ô estrela-d'alva,
ô lua...
Ô estrela-d'alva, gritei
na cava, pra espantar o breu.
Alva alva alva alva,
precipício respondeu.
Ô estrela-d'alva,
ô lua...
No fim da viagem, no fim da noite,
tem uma porteira se abrindo

pra madrugada suspensa.
É pra lá que eu vou,
pro céu e pro ar, rosilho,
para os pastos de orvalho.
Ô estrela-d'alva,
ô lua...
Quanto tempo dura a noite?
meu cavalo perguntou.
O tempo é de Deus, eu disse.
E esporeei.
Ô estrela-d'alva,
ô lua...
ô alva...

FRAGMENTO

Bem-aventurado o que pressentiu
quando a manhã começou:
não vai ser diferente da noite.
Prolongados permanecerão o corpo sem pouso,
o pensamento dividido entre deitar-se primeiro
à esquerda ou à direita
e mesmo assim anunciou paciente ao meio-dia:
algumas horas e já anoitece, o mormaço abranda,
um vento bom entra nessa janela.

ANUNCIAÇÃO AO POETA

Ave, ávido.
Ave, fome incansável e boca enorme,
come.
Da parte do Altíssimo te concedo
que não descansarás e tudo te ferirá de morte:
o lixo, a catedral e a forma das mãos.
Ave, cheio de dor.

ANÍMICO

Nasceu no meu jardim um pé de mato
que dá flor amarela.
Toda manhã vou lá pra escutar a zoeira
da insetaria na festa.
Tem zoado de todo jeito:
tem do grosso, do fino, de aprendiz e de mestre.
É pata, é asa, é boca, é bico,
é grão de poeira e pólen na fogueira do sol.
Parece que a arvorinha conversa.

A TRISTEZA CORTESÃ ME PISCA OS OLHOS

Eu procuro o mais triste, o que encontrado
nunca mais perderei, porque vai me seguir
mais fiel que um cachorro, o fantasma
de um cachorro, a tristeza sem verbo.
Eu tenho três escolhas: na primeira, um homem
que ainda está vivo à borda de sua cama me acena
e fala com seu tom mais baixo: 'reza pra eu dormir, viu?'
Na outra, sonho que bato num menino. Bato, bato,
até apodrecer meu braço e ele ficar roxo. Eu bato mais
e ele ri sem raiva, ri pra mim que bato nele.
Na ultima, eu mesma engendro este horror:
a sirene apita chamando um homem já morto
e fica de noite e amanhece, ele não volta
e ela insiste e sua voz é humana.
Se não te basta, espia:
eu levanto o meu filho pelos órgãos sensíveis
e ele me beija o rosto.

DESCRITIVO

As formigas passeiam na parede,
perto de um vidro de cola que perdeu a rolha. Há mais:
um maço de jornais, uma bilha e seu gargalo fálico,
um copo de plástico e um quiabo seco,
guardado ali por causa das sementes.
Tudo sobre uma cômoda, num quarto.
O vidro de cola está arrolhado com uma bucha de papel.
É sábado, é tarde, é túrgida minha bexiga feminina
e por isso vai ser menos belo que eu me levante e a esvazie.
Os analistas dirão, segundo Freud: complexo de castração.
Eu não digo nada, pela primeira vez, humildemente.
Vou me deitar pra dormir, não antes sem rezar,
pelos meus e os teus.

DUAS MANEIRAS

De dentro da geometria
Deus me olha e me causa terror.
Faz descer sobre mim o íncubo hemiplégico.
Eu chamo por minha mãe,
me escondo atrás da porta,
onde meu pai pendura sua camisa suja,
bebo água doce e falo as palavras das rezas.
Mas há outro modo:
se vejo que Ele me espreita,
penso em marca de cigarros,
penso num homem saindo de madrugada pra adorar o
[Santíssimo,
penso em fumo de rolo, em apito, em mulher da roça
com o balaio de pequi, fruta feita de cheiro e amarelo.
Quando Ele dá fé, já estou no colo d'Ele,
pego Sua barba branca,
Ele joga pra mim a bola do mundo,
eu jogo pra Ele.

CABEÇA

Quando eu sofria dos nervos,
não passava debaixo de fio elétrico,
tinha medo de chuva, de relâmpio,
nojo de certos bichos que eu não falo
pra não ter de lavar minha boca com cinza.
Qualquer casca de fruta eu apanhava.
Hoje, que sarei, tenho uma vida e tanto:
já seguro nos fios com a chave desligada
e lembrei de arrumar pra mim esta capa de plástico,
dia e noite eu não tiro, até durmo com ela.
Caso chova, tenho trabalho nenhum.
Casca, mesmo sendo de banana ou de manga,
eu não intervo, quem quiser que se cuide.
Abastam as placas de ATENÇÃO! que eu escrevo
e ponho perto. Um bispo, quando tem zelo
apostólico, é uma coisa charmosa.
Não canso de explicar isso pro pastor
da minha diocese, mas ele não entende
e fica falando: 'minha filha, minha filha',
ele pensa que é *Woman's Lib*, pensa
que a fé tá lá em cima e cá em baixo
é mau gosto só. É ruim, é ruim,
ninguém entende. Gritava até parar,
quando eu sofria dos nervos.

DE PROFUNDIS

Quando a noite vier e minh'alma ciclotímica
afundar nos desvãos da água sem porto,
salva-me.
Quando a morte vier, salva-me do meu medo,
do meu frio, salva-me,
ó dura mão de Deus com seu chicote,
ó palavra de tábua me ferindo no rosto.

UM SONHO

Eu tive um sonho esta noite que não quero esquecer,
por isso o escrevo tal qual se deu:
era que me arrumava pra uma festa onde eu ia falar.
O meu cabelo limpo refletia vermelhos,
o meu vestido era num tom de azul, cheio de panos, lindo,
o meu corpo era jovem, as minhas pernas gostavam
do contato da seda. Falava-se, ria-se, preparava-se.
Todo movimento era de espera e aguardos, sendo
que, depois de vestida, vesti por cima um casaco
e colhi do próprio sonho, pois de parte alguma
eu a vira brotar, uma sempre-viva amarela,
que me encantou por seu miolo azul, um azul
de céu limpo sem as reverberações, de um azul
sem o 'z', que o 'z' nesta palavra tisna.
Não digo azul, digo *bleu*, a ideia exata
de sua seca maciez. Pus a flor no casaco
que só para isto existiu, assim como o sonho inteiro.
Eu sonhei uma cor.
Agora, sei.

SÍTIO

Igreja é o melhor lugar.
Lá o gado de Deus para pra beber água,
rela um no outro os chifres
e espevita seus cheiros
que eu reconheço e gosto,
a modo de um cachorro.
É minha raça, estou
em casa como no meu quarto.
Igreja é a casamata de nós.
Tudo lá fica seguro e doce,
tudo é ombro a ombro buscando a porta estreita.
Lá as coisas dilacerantes sentam-se
ao lado deste humaníssimo fato
que é fazer flores de papel
e nos admiramos como tudo é crível.
Está cheia de sinais, palavra,
cofre e chave, nave e teto aspergidos
contra vento e loucura.
Lá me guardo, lá espreito
a lâmpada que me espreita, adoro
o que me subjuga a nuca como a um boi.
Lá sou corajoso
e canto com meu lábio rachado:

glória no mais alto dos céus
a Deus que de fato é espírito
e não tem corpo, mas tem
o olho no meio de um triângulo
donde vê todas as coisas,
até os pensamentos futuros.
Lugar sagrado, eletricidade
que eu passeio sem medo.
Se eu pisar,
o amor de Deus me mata.

TABARÉU

Vira e mexe eu penso é numa toada só.
Fiz curso de filosofia pra escovar o pensamento,
não valeu. O mais universal a que chego
é a recepção de Nossa Senhora de Fátima
em Santo Antônio do Monte.
Duas mil pessoas com velas louvando Maria
num oco de escuro, pedindo bom parto,
moço de bom gênio pra casar,
boa hora pra nascer e morrer.
O cheiro do povo espiritado,
isso eu entendo sem desatino.
Porque, mercê de Deus, o poder que eu tenho
é de fazer poesia, quando ela insiste feito
água no fundo da mina, levantando morrinho de areia.
É quando clareia e refresca, abre sol, chove,
conforme necessidades.
Às vezes dá até de escurecer de repente
com trovoada e raio. Não desaponta nunca.
É feito sol.
Feito amor divino.

O MODO POÉTICO

Quando se passam alguns dias
e o vento balança as placas numeradas
na cabeceira das covas e bate
um calor amarelo sobre inscrições e lápides,
e quando se olha os retratos e se consegue
dizer com límpida voz:
ele gostava deste terno branco
e quando se entra na fila das viúvas,
batendo papo e cabo de sombrinha,
é que a poeira misericordiosa recobriu coisa e dor,
deu o retoque final.
Pode-se compreender de novo
que esteve tudo certo, o tempo todo,
e dizer sem soberba ou horror:
é em sexo, morte e Deus
que eu penso invariavelmente todo dia.
É na presença d'Ele que eu me dispo
e muito mais, d'Ele que não é pudico
e não se ofende com as posições no amor.
Quando tudo se recompõe,
é saltitantes que nos vamos cuidar de horta e gaiola.
A mala, a cuia, o chapéu
enchem o nosso coração

como uns amados brinquedos reencontrados.
Muito maior que a morte é a vida.
Um poeta sem orgulho é um homem de dores,
muito mais é de alegrias.
A seu cripto modo anuncia,
às vezes, quase inaudível
em delicado código:
'Cuidado, entre as gretas do muro
está nascendo a erva...'
Que a fonte da vida é Deus,
há infinitas maneiras de entender.

Um jeito e amor

*Confortai-me com flores, fortalecei-me
com frutos, porque desfaleço de amor.*

Cântico dos Cânticos

AMOR VIOLETA

O amor me fere é debaixo do braço,
de um vão entre as costelas.
Atinge o meu coração é por esta via inclinada.
Eu ponho o amor no pilão com cinza
e grão de roxo e soco. Macero ele,
faço dele cataplasma
e ponho sobre a ferida.

A SERENATA

Uma noite de lua pálida e gerânios
ele viria com boca e mão incríveis
tocar flauta no jardim.
Estou no começo do meu desespero
e só vejo dois caminhos:
ou viro doida ou santa.
Eu que rejeito e exprobo
o que não for natural como sangue e veias
descubro que estou chorando todo dia,
os cabelos entristecidos,
a pele assaltada de indecisão.
Quando ele vier, porque é certo que vem,
de que modo vou chegar ao balcão sem juventude?
A lua, os gerânios e ele serão os mesmos
— só a mulher entre as coisas envelhece.
De que modo vou abrir a janela, se não for doida?
Como a fecharei, se não for santa?

UMA VEZ VISTO

Para o homem com a flauta,
sua boca e mãos,
eu fico calada.
Me viro em dócil,
sábia de fazer com veludos
uma caixa.
O homem com a flauta
é meu susto pênsil
que nunca vou explicar,
porque flauta é flauta,
boca é boca,
mão é mão.
Como os ratos da fábula eu o sigo
roendo inroível amor.
O homem com a flauta existe?

O SEMPRE AMOR

Amor é a coisa mais alegre
amor é a coisa mais triste
amor é coisa que mais quero.
Por causa dele falo palavras como lanças.
Amor é a coisa mais alegre
amor é a coisa mais triste
amor é coisa que mais quero.
Por causa dele podem entalhar-me,
sou de pedra-sabão.
Alegre ou triste,
amor é coisa que mais quero.

CANÇÃO DE JOANA D'ARC

A chama do meu amor faz arder minhas vestes.
É uma canção tão bonita o crepitar
que minha mãe se consola,
meu pai me entende sem perguntas
e o rei fica tão surpreendido
que decide em meu favor
uma revisão das leis.

A MEIO PAU

Queria mais um amor. Escrevi cartas,
remeti pelo correio a copa de uma árvore,
pardais comendo no pé um mamão maduro
— coisas que não dou a qualquer pessoa —
e, mais que tudo, taquicardias,
um jeito de pensar com a boca fechada,
os olhos tramando um gosto.
Em vão.
Meu bem não leu, não escreveu,
não disse essa boca é minha.
Outro dia perguntei a meu coração:
o quê que há, durão, mal de chagas te comeu?
Não, ele disse: é desprezo de amor.

OS LUGARES COMUNS

Quando o homem que ia casar comigo
chegou a primeira vez na minha casa,
eu estava saindo do banheiro, devastada
de angelismo e carência. Mesmo assim,
ele me olhou com olhos admirados
e segurou minha mão mais que
um tempo normal a pessoas
acabando de se conhecer.
Nunca mencionou o fato.
Até hoje me ama com amor
de vagarezas, súbitos chegares.
Quando eu sei que ele vem,
eu fecho a porta para a grata surpresa.
Vou abri-la como o fazem as noivas
e as amantes. Seu nome é:
Salvador do meu corpo.

PSICÓRDICA

Vamos dormir juntos, meu bem,
sem sérias patologias.
Meu amor é este ar tristonho
que eu faço pra te afligir,
um par de fronhas antigas
onde eu bordei nossos nomes
com ponto cheio de suspiros.

ENREDO PARA UM TEMA

Ele me amava, mas não tinha dote,
só os cabelos pretíssimos e uma beleza
de príncipe de histórias encantadas.
Não tem importância, falou a meu pai,
se é só por isto, espere.
Foi-se com uma bandeira
e ajuntou ouro pra me comprar três vezes.
Na volta me achou casada com D. Cristóvão.
Estimo que sejam felizes, disse.
O melhor do amor é sua memória, disse meu pai.
Demoraste tanto que... disse D. Cristóvão.
Só eu não disse nada,
nem antes, nem depois.

BILHETE EM PAPEL ROSA

A meu amado secreto, Castro Alves

Quantas loucuras fiz por teu amor, Antônio.
Vê estas olheiras dramáticas,
este poema roubado:
"o cinamomo floresce
em frente do teu postigo.
Cada flor murcha que desce,
morro de sonhar contigo".
Ó bardo, eu estou tão fraca
e teu cabelo é tão negro,
eu vivo tão perturbada,
pensando com tanta força
meu pensamento de amor,
que já nem sinto mais fome,
o sono fugiu de mim. Me dão mingaus,
caldos quentes, me dão prudentes conselhos
e eu quero é a ponta sedosa do teu bigode atrevido,
a tua boca de brasa, Antônio, as nossas vidas ligadas.
Antônio lindo, meu bem,
ó meu amor adorado,
Antônio, Antônio.
Para sempre tua.

MEDIEVO

Senhor meu amo, escutai-me,
a donzela espera por vós, no balcão.
Cuidai que não acorde os fâmulos
a paixão que estremece o vosso peito.
Os galgos estão inquietos, a alimária pateia.
Rogo-vos que vos apresseis.

UM JEITO

Meu amor é assim, sem nenhum pudor.
Quando aperta eu grito da janela
— ouve quem estiver passando —
ô fulano, vem depressa.
Tem urgência, medo de encanto quebrado,
é duro como osso duro.
Ideal eu tenho de amar como quem diz coisas:
quero é dormir com você, alisar seu cabelo,
espremer de suas costas as montanhas pequenininhas
de matéria branca. Por ora dou é grito e susto.
Pouca gente gosta.

CONFEITO

Quero comer bolo de noiva,
puro açúcar, puro amor carnal
disfarçado de coração e sininhos:
um branco, outro cor-de-rosa,
um branco, outro cor-de-rosa.

FATAL

Os moços tão bonitos me doem,
impertinentes como limões novos.
Eu pareço uma atriz em decadência,
mas, como sei disso, o que sou
é uma mulher com um radar poderoso.
Por isso, quando eles não me veem
como se me dissessem: acomoda-te no teu galho,
eu penso: bonitos como potros. Não me servem.
Vou esperar que ganhem indecisão. E espero.
Quando cuidam que não,
estão todos no meu bolso.

AMOR FEINHO

Eu quero amor feinho.
Amor feinho não olha um pro outro.
Uma vez encontrado é igual fé,
não teologa mais.
Duro de forte o amor feinho é magro, doido por sexo
e filhos tem os quantos haja.
Tudo que não fala, faz.
Planta beijo de três cores ao redor da casa
e saudade roxa e branca,
da comum e da dobrada.
Amor feinho é bom porque não fica velho.
Cuida do essencial; o que brilha nos olhos é o que é:
eu sou homem você é mulher.
Amor feinho não tem ilusão,
o que ele tem é esperança:
eu quero amor feinho.

PARA CANTAR COM O SALTÉRIO

Te espero desde o acre mel de marimbondos da minha
[juventude.
Desde quando falei, vou ser cruzado, acompanhar bandeiras,
ser Maria Bonita no bando de Lampião, Anita ou Joana,
desde as brutalidades da minha fé sem dúvidas.
Te espero e não me canso, desde, até agora e para sempre,
amado que virá para pôr sua mão na minha testa
e inventar com sua boca de verdade
o meu nome para mim.

BRIGA NO BECO

Encontrei meu marido às três horas da tarde
com uma loura oxidada.
Tomavam guaraná e riam, os desavergonhados.
Ataquei-os por trás com mão e palavras
que nunca suspeitei conhecer.
Voaram três dentes e gritei, esmurrei-os e gritei,
gritei meu urro, a torrente de impropérios.
Ajuntou gente, escureceu o sol,
a poeira adensou como cortina.
Ele me pegava nos braços, nas pernas, na cintura,
sem me reter, peixe-piranha, bicho pior, fêmea-ofendida,
uivava.
Gritei, gritei, gritei, até a cratera exaurir-se.
Quando não pude mais fiquei rígida,
as mãos na garganta dele, nós dois petrificados,
eu sem tocar o chão. Quando abri os olhos,
as mulheres abriam alas, me tocando, me pedindo graças.
Desde então faço milagres

CANÇÃO DE AMOR

Veio o câncer no fígado, veio o homem
pulando da cama no chão e andando
de gatinhas, gritando: 'me deixa, gente,
me deixa', tanta era sua dor sem remédio.
Veio a morte e, nessa hora H, a camisa sem botão.
Eu supliquei: eu prego, gente, eu prego,
mas, espera, deixa eu chorar primeiro.
Ah, disseram Marta e Maria, se estivésseis aqui,
nosso irmão não teria morrido. Espera, disse Jesus,
deixa eu chorar primeiro.
Então se pode chorar? Eu posso então?
Se me perguntassem agora da alegria da vida,
eu só tinha a lembrança de uma flor miudinha.
Pode não ser só isso, hoje estou muito triste,
o que digo, desdigo. Mas a Palavra de Deus
é a verdade. Por isso esta canção tem o nome que tem.

PARA O ZÉ

Eu te amo, homem, hoje como
toda vida quis e não sabia,
eu que já amava de extremoso amor
o peixe, a mala velha, o papel de seda e os riscos
de bordado, onde tem
o desenho cômico de um peixe — os
lábios carnudos como os de uma negra.
Divago, quando o que quero é só dizer
te amo. Teço as curvas, as mistas
e as quebradas, industriosa como abelha,
alegrinha como florinha amarela, desejando
as finuras, violoncelo, violino, menestrel
e fazendo o que sei, o ouvido no teu peito
para escutar o que bate. Eu te amo, homem, amo
o teu coração, o que é, a carne de que é feito,
amo sua matéria, fauna e flora,
seu poder de perecer, as aparas de tuas unhas
perdidas nas casas que habitamos, os fios
de tua barba. Esmero. Pego tua mão, me afasto, viajo
pra ter saudade, me calo, falo em latim pra requintar meu gosto:
"Dize-me, ó amado da minha alma, onde apascentas
o teu gado, onde repousas ao meio-dia, para que eu não
ande vagueando atrás dos rebanhos de teus companheiros."

Aprendo. Te aprendo, homem. O que a memória ama
fica eterno. Te amo com a memória, imperecível.
Te alinho junto das coisas que falam
uma coisa só: Deus é amor. Você me espicaça como
o desenho do peixe da guarnição de cozinha, você me guarnece,
tira de mim o ar desnudo, me faz bonita
de olhar-me, me dá uma tarefa, me emprega,
me dá um filho, comida, enche minhas mãos.
Eu te amo, homem, exatamente como amo o que
acontece quando escuto oboé. Meu coração vai desdobrando
os panos, se alargando aquecido, dando
a volta ao mundo, estalando os dedos pra pessoa e bicho.
Amo até a barata, quando descubro que assim te amo,
o que não queria dizer amo também, o piolho. Assim,
te amo do modo mais natural, vero-romântico,
homem meu, particular homem universal.
Tudo que não é mulher está em ti, maravilha.
Como grande senhora vou te amar, os alvos linhos,
a luz na cabeceira, o abajur de prata;
como criada ama, vou te amar, o delicioso amor:
com água tépida, toalha seca e sabonete cheiroso,
me abaixo e lavo teus pés, o dorso e a planta deles
eu beijo.

A sarça ardente – I

Uma chama de fogo saía do meio de uma sarça que ardia sem se consumir.

Escrito no Êxodo

JANELA

Janela, palavra linda.
Janela é o bater das asas da borboleta amarela.
Abre pra fora as duas folhas de madeira à toa pintada,
janela jeca, de azul.
Eu pulo você pra dentro e pra fora, monto a cavalo em você,
meu pé esbarra no chão.
Janela sobre o mundo aberta, por onde vi
o casamento da Anita esperando neném, a mãe
do Pedro Cisterna urinando na chuva, por onde vi
meu bem chegar de bicicleta e dizer a meu pai:
minhas intenções com sua filha são as melhores possíveis.
Ô janela com tramela, brincadeira de ladrão,
claraboia na minha alma,
olho no meu coração.

EPIFANIA

Você conversa com uma tia, num quarto.
Ela frisa a saia com a unha do polegar e exclama:
'Assim também, deus me livre.'
De repente acontece o tempo se mostrando,
espesso como antes se podia fendê-lo aos oito anos.
Uma destas coisas vai acontecer:
um cachorro late,
um menino chora ou grita,
ou alguém chama do interior da casa:
'O café está pronto.'
Aí, então, o gerúndio se recolhe
e você recomeça a existir.

CHORINHO DOCE

Eu já tive e perdi
uma casa,
um jardim,
uma soleira,
uma porta,
um caixão de janela com um perfil.
Eu sabia uma modinha e não sei mais.
Quando a vida dá folga,
pego a querer
a soleira,
o portal,
o jardim mais a casa,
o caixão de janela e aquele rosto de banda.
Tudo impossível,
tudo de outro dono,
tudo de tempo e vento.
Então me dá choro, horas e horas,
o coração amolecido como um figo na calda.

O VESTIDO

No armário do meu quarto escondo de tempo e traça
meu vestido estampado em fundo preto.
É de seda macia desenhada em campânulas vermelhas
à ponta de longas hastes delicadas.
Eu o quis com paixão e o vesti como um rito,
meu vestido de amante.
Ficou meu cheiro nele, meu sonho, meu corpo ido.
É só tocá-lo, e volatiliza-se a memória guardada:
eu estou no cinema e deixo que segurem minha mão.
De tempo e traça meu vestido me guarda.

A CANTIGA

"Ai cigana, ciganinha,
ciganinha meu amor."
Quando escutei essa cantiga
era hora do almoço, há muitos anos.
A voz da mulher cantando vinha de uma cozinha,
ai ciganinha, a voz de bambu rachado
continua tinindo, esganiçada, linda,
viaja pra dentro de mim, o meu ouvido cada vez melhor.
Canta, canta, mulher, vai polindo o cristal,
canta mais, canta que eu acho minha mãe,
meu vestido estampado, meu pai tirando boia da panela,
canta que eu acho minha vida.

DONA DOIDA

Uma vez, quando eu era menina, choveu grosso,
com trovoada e clarões, exatamente como chove agora.
Quando se pôde abrir as janelas,
as poças tremiam com os últimos pingos.
Minha mãe, como quem sabe que vai escrever um poema,
decidiu inspirada: chuchu novinho, angu, molho de ovos.
Fui buscar os chuchus e estou voltando agora,
trinta anos depois. Não encontrei minha mãe.
A mulher que me abriu a porta riu de dona tão velha,
com sombrinha infantil e coxas à mostra.
Meus filhos me repudiaram envergonhados,
meu marido ficou triste até a morte,
eu fiquei doida no encalço.
Só melhoro quando chove.

VEROSSÍMIL

Antigamente, em maio, eu virava anjo.
A mãe me punha o vestido, as asas,
me encalcava a coroa na cabeça e encomendava:
'Canta alto, espevita as palavras bem.'
Eu levantava voo rua acima.

A MENINA DO OLFATO DELICADO

Quero comer não, mãe
(no canto do fogão o caldeirão esmaltado)
quero comer não, mãe
(arroz com feijão, macarrão grosso)
quero comer não, mãe
(sem massa de tomate)
quero comer não, mãe
(com gosto de serragem)
quero comer não, mãe
(com cheiro de carbureto)
quero comer não, mãe
(vi um gato no caminho, fervendo de bicho)
quero comer não, mãe
(quando inaugurar a luz elétrica e o pai
consumir com o gasômetro, eu como).
Vamos ficar no escuro, mãe. Põe lamparina,
põe gasômetro não, o azul dele tem cheiro,
o cheiro entra na pele, na comida, no pensamento,
toma a forma das coisas. Quando a senhora tem
raiva sem xingar é igual a ruindade do gasômetro,
a azuleza dele. Vomito, mãe. Vou comer agora não.
Vou esperar a luz elétrica.

CARTONAGEM

A prima hábil, com tesoura e papel, pariu a mágica:
emendadas, brincando de roda, 'as neguinhas da Guiné'.
Minha alma, do sortilégio do brinquedo, garimpou:
eu podia viver sem nenhum susto.
A vida se confirmava em seu mistério.

A FLOR DO CAMPO

Mais que a amargosa pétala mastigada,
seu aspro odor e seiva azeda,
a lembrança antiga das camadas do sono:
há muito tempo, foi depois da missa,
eu e mais duas tias num caminho, as pernas delas
na frente, com meia grossa e saias.
No ar os cheiros do mato, as palavras cordiais,
o céu pra onde íamos, azul,
conforme as palavras de Nosso Senhor,
os lírios do campo, olhai-os,
a flor do mato, a infância.

REGISTRO

Visíveis no facho de ouro jorrado porta adentro,
mosquitinhos, grãos maiores de pó.
A mãe no fogão atiça as brasas
e acende na menina o nunca mais apagado da memória:
uma vez banqueteando-se, comeu feijão com arroz
mais um facho de luz. Com toda a fome.

MOSAICO

Joaquim João era artista de teatro.
Dava as mãos a Julietinha Marra e cantava 'adeus-amor'.
Fiquei picada de inquieto mel.
Às onze Joaquim subia do serviço
com o paletó jogado num ombro só. Escondida eu cantava
'adeus-amor', com direta intenção e longo fôlego.
Joaquim virava a cabeça ao esganiçado código
e eu cantava mais alto. Um dia, o melhor, se virou duas vezes.
Eu descia da árvore, macaca sentimental, e ia
fazer xixi na calcinha, só para experimentar,
desenhar cinco salamão, rezar o anjo
do Senhor anunciou a Maria e ela concebeu,
o que era igual Letícia vindo brincar,
o hálito saborosíssimo de concebolas.

REBRINCO

As primas vinham ensaboar as de missa.
Enchiam a bacia de espuma, Tialzi cuspia dentro,
ai que nojo. Mesmo assim, tão bonito!
As calcinhas de Tialzi amarelavam no fundo,
dois, três dias na grama, marronzavam.
Eu andava em círculos, escutava conversa,
interrogava com apertada atenção.
Quando de tão calada me notavam, eram as pragas.
Tão boas, tão como devem ser que eu desinteressava,
ia chamar Letícia pra brincar.
Medo que eu tinha era não ter mistério.

ENSINAMENTO

Minha mãe achava estudo
a coisa mais fina do mundo.
Não é.
A coisa mais fina do mundo é o sentimento.
Aquele dia de noite, o pai fazendo serão,
ela falou comigo:
'Coitado, até essa hora no serviço pesado.'
Arrumou pão e café, deixou tacho no fogo com água quente.
Não me falou em amor.
Essa palavra de luxo.

A sarça ardente – II

Tira as sandálias de teus pés, porque a terra em que estás é uma terra sagrada.

Escrito no Êxodo

O HOMEM PERMANECIDO

Era uma vez
uma venta fremente e um duro queixo.
Era uma vez um pisado de levantar pedra e poeira.
O que chamam de morte devastou com as narinas, o maxilar,
o dorso dos pés e sua planta.
Sobrou um gesto reto no espaço, a fremência,
um modo de passos e voz.
Eu lembro coisas que acontecerão:
era uma vez um homem que está rijo e cantante,
sem o espírito e a lei da gravidade,
alegre de nenhuma ameaça.

INSÔNIA

O homem vigia.
Dentro dele, estumados,
uivam os cães da memória.
Aquela noite, o luar
e o vento no cipó-prata e ele,
o medo a cavalo nele,
ele a cavalo em fuga
das folhas do cipó-prata.
A mãe no fogão cantando,
os zangões, a poeira, o ar anímico.
Ladra seu sonho insone,
em saudade, vinagre e doçura.

FÉ

Uma vez, da janela, vi um homem
que estava prestes a morrer,
comendo banana amassada.
A linha do seu queixo era já de fronteiras,
mas ele não sabia, ou sabia?
Como posso saber?
Comia, achando gostoso,
me oferecendo corriqueiro, todavia
inopinado perguntou
— ou perguntou comum como das outras vezes? —
Como será a ressurreição da carne?
É como nós já sabemos, eu lhe disse,
tudo como é aqui, mas sem as ruindades.
Que mistério profundo!, ele falou
e falou mais, graças a Deus,
pousando o prato.

EPISÓDIO

Ele tinha o costume de gesticular seu pensamento,
de sorte que estar parado era já ter compreendido
ou não ter dúvidas. Foi um abalo enorme quando se deu o
                                        [que conto,
porque ultimamente ocupava a compreensão em tomar os
                                        [remédios,
não comer sal, medir cor e volume de sua urina difícil.
Sem que ninguém suspeitasse ficou em pé na sala
e começou a cantar, pondo e tirando da jarra o galhinho
                                        [de flor,
a voz como antes, firme, alta, grossa, anterior
a qualquer debilidade do seu corpo.
Um susto às avessas do susto foi o nosso,
porque a barriga dele continuava altíssima e alagava a mina
rompida de sua perna. Fugimos como nas guerras.
Um de nós foi chorar na privada, outro no quintal,
eu inventei uma barata pra matar com um chinelo.
A alegria dele desertava, quase, do que fosse
uma alegria humana e não estávamos à altura de entendê-la.
Sofrer era muito mais fácil.

O RETRATO

Eu quero a fotografia,
os olhos cheios d'água sob as lentes,
caminhando de terno e gravata,
o braço dado com a filha.
Eu quero a cada vez olhar e dizer:
estava chorando. E chorar.
Eu quero a dor do homem na festa de casamento,
seu passo guardado, quando pensou:
a vida é amarga e doce?
Eu quero o que ele viu e aceitou corajoso,
os olhos cheios d'água sob as lentes.

O REINO DO CÉU

Depois da morte
eu quero tudo o que seu vácuo abrupto
fixou na minha alma.
Quero os contornos
desta matéria imóvel de lembrança,
desencantados deste espaço rígido.
Como antes, o jeito próprio
de puxar a camisa pela manga
e limpar o nariz.
A camisa engrossada de limalha de ferro mais
o suor, os dois cheiros impregnados,
a camisa personalíssima atrás da porta.
Eu quero depois, quando viver de novo,
a ressurreição e a vida escamoteando
o tempo dividido, eu quero o tempo inteiro.
Sem acabar nunca mais, a mão socando o joelho,
a unha a canivete — a coisa mais viril que eu conheci.
Eu vou querer o prato e a fome,
um dia sem tomar banho,
a gravata pro domingo de manhã,
a homilia repetida antes do almoço:
'Conforme diz o Evangelho, meus filhos, se
tivermos fé, a montanha mudará de lugar.'

Quando eu ressuscitar, o que quero é
a vida repetida sem o perigo da morte,
os riscos todos, a garantia:
à noite estaremos juntos, a camisa no portal.
Descansaremos porque a sirene apita
e temos que trabalhar, comer, casar,
passar dificuldades, com o temor de Deus,
para ganhar o céu.

UMA FORMA DE FALAR E DE MORRER

Ele tinha um modo de falar a palavra inabalável.
O 'l' final concluído à moda dos holandeses
que pregaram pra nós, catecismo, missões, missas
[dominicais.
'Inabalável certeza', 'inabalável fé', 'poder inabalável'.
Quando usava esta forte palavra, não a dizia
com a boca de quem come as perecíveis matérias,
ou nomeia o que julga indigno do seu falar, melhor,
por serem as comuns coisas:
malho, bigorna, ferro, o encarregado, o chefe.
'Inabalável',
a língua demorando na base superior dos dentes,
a doutrina exigente necessitando de um mais puro som,
conforme o que exprimia, coisas de Deus,
eternas coisas aterradoras de tão impossível mácula.
Quando a vida abalável enrijeceu seu queixo,
a língua paralisada conformou-se roxa,
a ponta voltada para a raiz dos dentes,
inabalável.

MODINHA

Quando eu fico aguda de saudade eu viro só ouvido.
Encosto ele no ar, na terra, no canto das paredes,
pra escutar nefando, a palavra nefando.
Um homem que já morreu cantava "a flor mimosa
desbotar não pode, nem mesmo o tempo
de um poder nefando" — mais dolorido canta
quem não é cantor.
A alma dele zoando de tão grave, tocável
como o ar de sua garganta vibrando.
No juízo final, se Deus permitisse,
eu acordava um morto com este canto,
mais que o anjo com sua trombeta.

A POESIA

Recita "Eu tive um cão", depois "Morrer dormir", ele dizia.
Eu recitava toda poderosa.
'Eh trem!', ele falava, guturando a risada, os olhos
amiudados de emoção, e começava a dele:
"Estrela, tu estrela, quando tarde, tarde, bem tarde,
brilhaste e volveste o teu olhar para o passado,
recordas-te e dirás com saudade: sim, fui mesmo ingrato.
Mas tu lembrarás que a primavera passa e depois volta
e a mocidade passa e não volta mais."
A última palavra, sufocada. O que estava embaçado
eram seus óculos. Ó meu pai, o que me davas então?
Comida que mata a fome e mais outras fomes traz?
Eu hoje faço versos de ingrato ritmo.
Se os ouvisses por certo me dirias com estranheza e amor:
'Isso, Delão, isso!' O bastante para eu começar recompensada:
Agora as boas, pai, agora as boas:
"Eu tive um cão", "Estrela, tu estrela".
"Morrer dormir, jamais termina a vida",
jamais, jamais, jamais.

FIGURATIVA

O pai cavando o chão mostrou pra nós,
com o olho da enxada, o bicho bobo,
a cobra de duas cabeças.
Saía dele o cheiro de óleo e graxa,
cheiro-suor de oficina, o brabo cheiro bom.
Nós tínhamos comido a janta quente
de pimenta e fumaça, angu e mostarda.
Pisando a terra que ele desbarrancava aos socavões,
catava tanajuras voando baixo,
na poeira de ouro das cinco horas.
A mãe falou pra mim: 'Vai na sua avó buscar polvilho,
vou fritar é uns biscoitos pra nós.'
A voz dela era sem acidez. 'Arreda, arreda',
o pai falava com amor.
As tanajuras no sol, a beira da linha,
o verde do capim espirrando entre os tijolos
da beirada da casa descascada, a menina embaraçada
com a opressão da alegria, o coração doendo,
como se triste fosse.

O SONHO

O reconheci na fração do meu nome,
me chamou como em vida,
a partir da tônica:
'Délia, vem cá.'
Peguei nos pés do catre,
onde jazia sã sua cara doente,
e o fui arrastando por corredores cheios
de médicos, seringas e uniformes brancos.
Depois foi o dia inteiro o peito comprimido,
sua voz no meu ouvido, seus olhos
como só os dos mortos olham
e a esperança, em puro desconforto
e ânsia.

PARA PERPÉTUA MEMÓRIA

Depois de morrer, ressuscitou
e me apareceu em sonhos muitas vezes.
A mesma cara sem sombras, os graves da fala
em cantos, as palavras sem pressa,
inalterada, a qualidade do sangue,
inflamável como o dos touros.
Seguia de opa vermelha, em procissão,
uma banda de música e cantava.
Que cantasse, era a natureza do sonho.
Que fosse alto e bonito o canto, era sua matéria.
Aconteciam na praça sol e pombos
de asa branca e marrom que debandavam.
Como um traço grafado horizontal,
seu passo marcial atrás da música,
o canto, a opa vermelha, os pombos,
o que entrevi sem erro:
a alegria é tristeza,
é o que mais punge.

AS MORTES SUCESSIVAS

Quando minha irmã morreu eu chorei muito
e me consolei depressa. Tinha um vestido novo
e moitas no quintal onde eu ia existir.
Quando minha mãe morreu, me consolei mais lento.
Tinha uma perturbação recém-achada:
meus seios conformavam dois montículos
e eu fiquei muito nua,
cruzando os braços sobre eles é que eu chorava.
Quando meu pai morreu, nunca mais me consolei.
Busquei retratos antigos, procurei conhecidos,
parentes, que me lembrassem sua fala,
seu modo de apertar os lábios e ter certeza.
Reproduzi o encolhido do seu corpo
em seu último sono e repeti as palavras
que ele disse quando toquei seus pés:
'Deixa, tá bom assim.'
Quem me consolará desta lembrança?
Meus seios se cumpriram
e as moitas onde existo
são pura sarça ardente de memória.

Alfândega

ALFÂNDEGA

O que pude oferecer sem mácula foi
meu choro por beleza ou cansaço,
um dente exraizado,
o preconceito favorável a todas as formas
do barroco na música e o Rio de Janeiro
que visitei uma vez e me deixou suspensa.
'Não serve', disseram. E exigiram
a língua estrangeira que não aprendi,
o registro do meu diploma extraviado
no Ministério da Educação, mais taxa sobre vaidade
nas formas aparente, inusitada e capciosa — no que
estavam certos —, porém dá-se que inusitados e capciosos
foram seus modos de detectar vaidades.
Todas as vezes que eu pedia desculpas diziam:
'Faz-se educado e humilde, por presunção',
e oneravam os impostos, sendo que o navio partiu
enquanto nos confundíamos.
Quando agarrei meu dente e minha viagem ao Rio,
pronto a chorar de cansaço, consumaram:
'Fica o bem de raiz pra pagar a fiança.'
Deixei meu dente.
Agora só tenho três reféns sem mácula.

Obras da autora

POESIA

Lapinha de Jesus, presépio de Frei Tiago Kamps, O. F. M., texto da autora e Lázaro Barreto, fotos de Gui Tarcísio Mazzoni. Petrópolis: Vozes, 1969.

Bagagem. Rio de Janeiro: Imago, 1976; Rio de Janeiro: Record, 2002; Lisboa: Cotovia, 2002.

O coração disparado. Rio de Janeiro: Nova Fronteira, 1978.

Terra de Santa Cruz. Rio de Janeiro: Nova Fronteira, 1981.

O pelicano. Rio de Janeiro: Guanabara, 1987.

A faca no peito. Rio de Janeiro: Rocco, 1988.

Poesia reunida. São Paulo: Siciliano, 1991.

Oráculos de maio. São Paulo: Siciliano, 1999.

A duração do dia. Rio de Janeiro: Record, 2010.

Miserere. Rio de Janeiro: Record, 2013.

PROSA

Solte os cachorros. Rio de Janeiro: Nova Fronteira, 1979.

Cacos para um vitral. Rio de Janeiro: Nova Fronteira, 1980.

Os componentes da banda. Rio de Janeiro: Nova Fronteira, 1984.

O homem da mão seca. São Paulo: Siciliano, 1994.

Manuscritos de Felipa. São Paulo: Siciliano, 1999.

Prosa reunida. São Paulo: Siciliano, 1999.

Filandras. Rio de Janeiro: Record, 2001.

Quero minha mãe. Rio de Janeiro: Record, 2005.

Quando eu era pequena. Rio de Janeiro: Record, 2006. (Infantil)

Carmela vai à escola. Rio de Janeiro: Record, 2011. (Infantil)

ANTOLOGIAS

Mulheres & mulheres. Organização de Rachel Jardim. Rio de Janeiro: Nova Fronteira, 1978.

Palavra de mulher: poesia feminina brasileira contemporânea. Organização de Maria de Lourdes Hortas. Rio de Janeiro: Editora Fontana, 1979.

Contos mineiros. São Paulo: Ática, 1984.

Antologia da poesia brasileira. Seleção de Antônio Carlos Secchin. Tradução de Zhao Deming. Pequim: Editora Embaixada do Brasil em Pequim/Departamento Nacional do Livro/Fundação Biblioteca Nacional, 1994.

Poesie. Tradução de Goffredo Feretto. Gênova: Fratelli Frilli Editori, 2005. (Antologia em italiano, precedida de estudo do tradutor)

La poésie du Brésil du XVIe au XXe siècle. Organização de Max Carvalho. Paris: Éditions Chandeigne, 2012. (Seleção de poemas, em edição bilíngue, com apoio do Ministério da Cultura, Fundação Biblioteca Nacional e Embaixada do Brasil na França)

TRADUÇÕES

The Headlong Heart. Tradução de Ellen Watson. Nova York: Livingston University Press, 1988.

The Alphabet in the Park. Tradução de Ellen Watson. Middletown: Wesleyan University Press, 1990. (Seleção de poemas)

El corazón disparado. Tradução de Cláudia Schwartz e Fernando Roy. Buenos Aires: Leviatan, 1994.

Bagaje. Tradução de José Francisco Navarro Huamán. Cidade do México: Universidad Iberoamericana, 2000.

Ex-voto: poems of Adélia Prado. Tradução de Ellen Watson. North Adams: Tupelo Press, 2013.

The mystical rose. Tradução de Ellen Watson. Hexham: Bloodaxe Books, 2014.

Este livro foi composto na tipografia Minion Pro,
em corpo 11,5/17, e impresso em
papel off-white no Sistema Cameron da
Divisão Gráfica da Distribuidora Record.